Susanne Thornton

Gedichte

SUSANNE THORNTON

Gedichte

Sehnsucht bleibe im Haus

DEUTSCHE LITERATURGESELLSCHAFT

Die Die Deutsche Nationalbibliothek verzeichnet diese Publikation in der Deutschen Nationalbibliografie; detaillierte bibliografische Daten sind im Internet über dnb.dnb.de abrufbar. Die Schweizerische Nationalbibliothek (NB) verzeichnet aufgenommene Bücher unter Helveticat.ch und die Österreichische Nationalbibliothek (ÖNB) unter onb.ac.at.

Unsere Bücher werden in namhaften Bibliotheken aufgenommen, darunter an den Universitätsbibliotheken Harvard, Oxford und Princeton.

Susanne Thornton:
Gedichte
ISBN: 978-3-03831-140-9

Umschlagfoto: Bild von der Autorin zur Verfügung gestellt
Buchsatz: Danny Lee Lewis, Berlin

Sie finden uns im Internet unter:
www.Deutsche-Literaturgesellschaft.de

Für meine Tochter Christine

Traum von einem Wunder!

Noch immer träum von einem Wunder.
Ganz heimlich dürfts nur geschehn.
Verträumte Augen sah in den meinen stehn.
So beieinand, würden leuchten, untergehn.

Hand zart, leis tät sich mir nahn.
Ineinander nun liegen. Kein unnütz Fragen.
Wärme empfind. Tief bis ins Herze mir dringt.
Ohne zu reden, ein Gleichklang entstünd.

Nicht wahrnehmen wollt auf einmal
den Stich. Mir meinen Atem er nahm.
Enger und enger ums Herze mir wurd.
In mein Gesicht trat Röte und Scham.

Wieder wurd von einem Trugbild genarrt.
Meine Träume in alle Winde zerstoben.
Darf nimmer mehr sein, Lieb sich mir naht.
Ungeduldig schon warten auf mich, da droben.

Dacht, noch einmal könnt überlisten.
Liebe mit all den Gefahren, Gelüsten.
Wird öfter noch sein, Körper aufbäumt.
Zu spät ists worden. Lieb hab versäumt!

Rings um mich ist Blau!

Und immer wieder ist es das Blau!
Ob sich der Himmel, der Blaue, zur Erde neigt.
Das blaue, zart Blümlein, durch hart, dichtes
Gras, schüchtern sein Köpfchen zeigt.

Und immer wieder war es das Blau!
Ob sich das Blau deiner Augen – voll Sehnsucht –
in den Meinen traf. In dem Polster – den Blauen –
in den mich nachher – weinend – legte zum Schlaf.

Und immer wieder bin von Blau ich umgeben.
Ob in die Berge – sie scheinen mir blau – oder
in des Bächleins plättscherndes Wasser schau.
Mein Blick bleibt hangen, gefangen »im Blau«!

Erkenntnis:
Um das was uns versagt
Bleibt und blieb,
wird viel geweint.
Für das, was uns geschenkt wird
und wurde, wird wenig Dank gegeben.

Noch einmal!

Gäb mir Gott – noch einmal – den ersehnten Schwung.
Nicht nur der Erinnerung möcht fortan frönen.
Fühl mich doch noch – ach – so jung.
Sollt mich an den Lehnstuhl schon gewöhnen?

Kehl, mir noch nicht worden allzu eng.
Lieder voller Inbrunst kann noch singen.
Jauchzen aus der Brust sich drängt.
Tanzen – vielleicht – täts mir noch gelingen.

Könnt mich doch auf weiße Wolken setzen.
Weithin über Landschaft würd mit ihnen ziehn.
Über Lustbarkeit – bin noch bereit – mich zu ergötzen.
Nur der Einsamkeit – versucht ich – zu entfliehn.

Auf die Wiesen – auf die grünen – möcht mich legen.
Faulenzen – ganz nach jugendlicher Art.
Füße, die vom Tanze heiß, in das Bächlein geben.
Anlehnen mich dürfen, streicheln doch nur zart!

Ohne zu fragen!

Zeit – an sich binden?
Lange noch leben wollen!
Ohne jemals dabei ergründen,
was damit anfangen sollen!

Uhr – hält nicht mit.
Ist wie ein Knecht.
Mit gleichmäßigem Schritt,
hat immer sie recht!

Gebet – so man es noch find!
Zeitlos – in sich gehen, stumm.
Einfach nur beten, so wie ein Kind.
Leben – ohne zu fragen: »Warum«!

Pass auf mich auf!

Herr, lasse mich geduldger werden.
Nur langsam meine Wege gehn.
Die du – in weiser Hinsicht – für mich
schon lang hast vorgesehn.

Herr, lasse mich nicht aufbegehren.
Die Dinge nehmen wie sie sind.
Nur bitt ich dich, sie aufzuklären,
damit ich meine Ruhe find.

Herr, du begleite meinen Schritt.
Lass mich nicht fallen. Sollts einmal
sein, so heb mich auf. Doch passe auf;
damit nicht wieder zu schnell lauf.

Nur dir vertraun!

Herr, lass mich schweigen –
wenn auch zu Reden mir zu Mut.
Genau, wenn nur sich Regenwolken zeigen.
Zu viel des Guten, tut nicht gut!

Herr, lass mich hören –
wenn vieles mir auch nicht gefällt.
Nur wollen lassen nicht betören.
Mit rüdem Klang – er mir missfällt!

Herr, lass mich sehen –
nicht nur in Fernen will ich schaun.
Den kleinen Dingen, die am Wege stehen.
Nur jenen möcht mein Herz ich anvertrauen,

Herr, lass mich glauben –
nie wankelmütig, zaudernd sein
mit unnütz Dingen – Zeit mir rauben.
Vertrauen will ich dir – nur dir allein!

Mich betörendes Geigenspiel

Wundersam immer mich fühlt, mir eine Geige aufspielt.
Ruhe um mich verblasst. Körper ist aufgewühlt.
Dasein, vergrabnes, neu entdeckt. Zum Leben erweckt.

Wenn zärtlich und sanft ihre Saiten lässt klingen,
lädt mich zum Tanze ein, zum fröhlichen Singen.
Nur Freude im Herzen wird sein.

Stärker sie wird, bringt ihre Töne zum Schwingen.
Wollt nicht nur tanzen, möcht Höhen bezwingen.
Weltenschmerz schleicht leise sich ein.

Schwillt an ihr Klang zum Orkan, mich zerstört.
Meines Schluchzens mich nicht erwehren kann.
Bringt keine Erlösung. Endet im Wahn.

Wenn bekommt Geigenspiel einen heisren Klang.
Wenn endet das Leben ist sein letzter Gang.
Töne nur leise erklingen. Engel nur höre singen.

Zärtlichkeit – nicht Tränen!

Hab niemals die Tränen im Aug meiner Mutter gesehn.
Nicht bereit war sie jemals nur aufzufangen.
Verloren sie gingen im emsig Geschehn.
Nun seh sie – als mahnende Tropfen – vor meinem Fenster sie hangen.

Hab niemals die Hand meiner Mutter gestreicht.
Nur immer kurz sie in meiner gehalten.
Nicht sah, dass ihre Wangen nun bald verbleicht.
Immer nur dacht, wie könnt Leben anders gestalten.

Hab niemals ihr leises, zaghaftes Bitten gehört.
Was hat nur gewollt mit ständigem Reden.
Leiden, sie immer gewohnt. Doch nie hat beschwert.
Stets freundlichen Blick sie jedem wollt geben.

Nun, wenn ich euch seh, ihr Regentröpfchen,
wie ihr nun hocket auf grauen Stangen.
Da fällt mir ein, meiner Mutter ihr Köpfchen,
wie nach Zärtlichkeit – nicht nach Tränen – hatte Verlangen.

Wird Zeit: noch bleiben?

Wird mir jemals ein Pflänzchen noch blühn?
Immer vergaß es zu gießen.
Wollt stets nur im schönst Kleide es sehn.
Es zu hegen, pflegen, ließ michs verdrießen.

Sah sie wohl stehn, am Wege die Blumelein.
War nicht gewillt mich zu bücken, sie pflücken.
Waren mir alle zu nichtig, zu klein,
um eines von ihnen ans Herze mir drücken.

Nun, vor kleinen Pflänzchen ich steh.
Bücke mich tief – in ihre Gesichter seh.
Wolln von mir nichts mehr wissen. Ihre Blüten schließen zu.
Schnell muss vorübergehn – nun lassen in wohlverdient Ruh.

Keine Gnade mehr ob meiner Sünden werd finden.
Kein Pflänzchen, kein Blume ist mir noch geneigt.
Ihre inneren Werte, ihre warm Liebe mir zeigt.
Wird Zeit mir bleiben, dies jemals zu ergründen?

Erzwingen wird niemals gelingen

Mein Schlüsselchen hab verloren. So ganz unbedacht.
Oder hab genau daran dacht.
Einer könnts finden. Aufsperren mein Kammer.
Sah mich im Unglück, in all meinem Jammer.

Zeit ist vergangen. Niemand mein Schlüsselchen fand.
Umschaun nun selber mich muss, wohin ich es damals verbannt.
Wollts aber nicht finden,
ob zwar Ort mir bestens bekannt.

Nun ists vergraben. So manch einer es tritt mit sein Füßen.
Zuschauen muss, bitter büßen.
Erzwingen wollen, niemals würd es gelingen.
Ohn Schlüssel keiner kann in dein Kämmerlein dringen.

Einmal wird aus sein!

Meine Seele, schick sie auf Reisen.
Flieht mit meinen Gedanken auf Wolken,
die an meinem Fenster vorüberziehn.
Kann sie nicht halten.
Wollen nur anderen Ortes, sie fliehn.

Meine Augen können die Tränen nicht halten.
Lasse sie rinnen über die Wangen.
Landen in meinem Schoß – erbarmungslos.
Warum ließ sie so haltlos fallen?

Aus meinem Mund quellen vergessene Lieder –
drängen hinaus. Erinnern an vergangene Zeit.
Sprengen die Enge meiner Brust.
Niemals werden erreichen, der Jugend Lust!

In meinem Ohr hör ich erklingen der Vöglein Gesang.
Das leise Rauschen der Blätter im Wind.
Murmelndes Bächlein sehe ich springen.
Wird hier mir das Ertränken meiner Seele gelingen?

Alles noch wach in mir. Gedanken ließ fliehn.
Hoffnung noch nicht gestorben. Nicht freudelos!
Wenn sie auch fallen weiter, die Tränen.
Einmal wird aus sein – »Unergründliches Sehnen«!

Vergangene Nacht!

Vor meinem Fenster hockt die Nacht.
Schwarz – ohne Scham – schleichte sich ein.
Des Tages Mühe, klaglos wieder mal geschafft.
Doch lud mich wohlverdienter Schlaf nicht ein.

Schief an der Wand, das Bild gericht.
Wer war es, kam, hat es verdreht?
Die Uhr steht still. Ihr Ticken hör ich nicht.
Kein Zeiger mehr in ihr bewegt.

War es der Wein, den gestern trank?
Den Geist mir schwankend hat gemacht?
War es das Lied, mit Inbrunst ich es sang?
Warum nicht Ruhe fand in heutger Nacht?

Zitternd, im Hemd, heut früh am Bettrand saß.
Vorm Fenster strahlend neuer Tag erwacht.
Auge noch müd, Gesicht verzogen, blass.
Wie wird sich Tag entfalten, nach vergangner Nacht?

Warten muss

Wieder bin mal nahe dran,
mich im eignen Wasser zu ersaufen.
Nur zu langsam schon geworden,
diesem vielen Weinen, wegzulaufen.

Her mit einem Strick, mich erlöste
von meinm Traurigsein. Von meinm Tic.
Jähes Ende machte meinem Weinen.
Könnt als Wassernixe erscheinen.

Drum lass endlich sein das Weinen.
Lieber süffgen Wein will kaufen.
In meinem Herz soll Sonne scheinen.
Mich mit diesem Tropfen heiter saufen.

Was tat nützen, Tränen immer wieder rinnen.
Sollt ich tun mit einem harten Strick.
Weinen lässt mich traurig nur erscheinen.
Und ein Strick, bräche mirs Genick.

Weder will im eignen Wasser mich ersaufen.
Noch nen Strick für böse Taten kaufen.
Was nützt mir, allem wolln davon zu laufen.
Warten muss – wie alle – bis zum letzten Schnaufen!

Du musst trinken!

Immer wieder, immer fort klingt
in meinem Ohr das mahnend Wort: »Wasser«.
Du musst viel mehr trinken!

Kannst nicht – wie vielleicht gedacht –
von dem so gepriesnem Saft, so viel trinken –
schnell erreichtest »Bärenkraft«!

Trinken sollt ich nur was kostenlos,
keine Farbe hat, mengenlos, bedenkenlos!
Ohne anzustoßen – »freudenlos«!

Könnt vom ewgen Wassertrinken, mich mit
diesem gar betrinken und dann auch noch
kostenlos in des Wassersflut versinken.
Tränk ich immer nur ein Wässerlein.
Ewig wärs ein freudenloses Sein.
Ab und zu ein Gläschen Wein, tat nicht schaden,
meine groß und kleinen Sorgen abzuladen.

Beschirmende Geister

Wie Geister schaun aus. Unter Bäumen sie stehn.
Mit weißen Kitteln, den spitzen Mützen.
Ob sich erzählen von des Sommers Geschehn.
Brauchen uns nimmer vor sengender Sonne schützen.

Kerzengrad stehen verlassen auf Parkes Weg.
Wann bringt man sie in ein trockenes Haus?
Keiner mehr mag – sind nun nutzlos und trag.
Lang müssen nun warten, bis wieder gebraucht.

Bald kommt die Nacht, die Lichter gehn aus.
Scheint so, als fingen sich an zu drehn.
Wer denkt noch an die Nutzlosen draus.
An ihren Unfug, das nächtlich Geschehn.

Ruhe wird nun lang für sie sein.
Werden sauber geputzt und geflickt.
Um wieder beim ersten Sonnenschein
aus ihrem Versteck, in den Garten geschickt.

Nur den, der sich auch wehren kann,
den greife an.
Wenn einer aber hilflos ist,
leer über ihn nicht deinen Mist.

Im Verzehr – will immer mehr
Im Verzicht – sieht manches nicht.

Geistesblitze

Wenn einer glaubt, er sei begehrt.
Auf seine Klugheit Eide schwört.
Wird bald von niemand mehr gesehn.
In seinem eignen Wahn wird untergehn.

Wenn einer arm an Geiste ist.
Er selber ganz und gar ihn nicht vermisst.
Doch stets sich brüstet wer er sei,
bald nicht gesehen wird. Man geht vorbei.

Wenn auch kein Geistesblitz er ist.
Er aber habet Mutterwitz.
Sein Herz trägt an der richtgen Stell,
dann ist sein Geist nicht dunkel, sondern hell.

Wenn einmal sich verengt dein Horizont.
Du schon in anderen Gefilden thronst.
Wag einmal noch ein Blick zurück.
Nicht alles war geprägt von Missgeschick!

Gedankensplitter

Unerträglich find ich »Warten«.
Seis auf Post, auf Telefon.
Keiner schreibt mehr Ansichtskarten,
Tag bleibt monoton!

Unerträglich find ich »Klagen«.
Hör so oft, voller Entsetzen,
Menschen, die sich nicht vertragen.
Allzu oft hör Zungenwetzen!

Unerträglich find »Nicht Grüßen«.
Tun, als warn allein im Haus.
Wolln hier leben und genießen.
Freundlichkeit – sieht anders aus

Mund aufreißen –
wenn – vermutlich – Fehler finden.

Mund zuhalten –
wenn es hieße – Gutes zu verkünden.

Halte dich bedeckt –
überall ein Gut – ein Fehler – steckt.

Nehmen muss man –
wie es wird beacht – eingeschätzt.

Und bleibt – trotz des Für und Wider –
unbeschadet – unverletzt.

Ahnengalerie

Wenn Ahnen hast im Überfluss,
den andern sind ein groß Verdruss.
Sie alle aufgehänget wollen werden.
Bei nicht verwandten gibts Beschwerden.

Viel schlimmer wird es noch,
wenn man die Mauer hauet ein.
Was nützt das Fragen – klagen seiner Plagen.
Die Antwort stets: Es muss so sein!

Drum lass sie hämmern, schlagen ein.
Halt deine Ohren feste zu.
Denk, wenn es still, nicht immer wird so sein.
Dann hast du kein Verdruss – hast deine Ruh!

Hast du mal aufzuhängen, einen Schinken.
Traust dich nichts sagen – lässt es sein.
Tu in den Schranken – hint versinken.
Wird auch nicht so von Nöten sein!

Arglos, wie immer!

Ach, wie arglos bin gewesen.
Mitmischen hätt wolln.
Könnt auf den Gesichtern lesen.
Lieber bleiben lassen solln.

Mich doch nicht erdreisten wollen.
Steht es ihr denn zu?
Schlüpfen möcht in andre Rollen.
Lieber unterdrücken – geben Ruh!

Nicht so gut, das grelle Licht.
Leiser Sprache sollt bedienen.
Nehmen andern nicht die Sicht.
Bin keine von ihnen!
Trotzdem wieder gut zu wissen.

Halte Abstand – bleib bei dir!
Eigentlich auch nicht vermissen.
Sie sind dort und ich bin hier!

Enttäuschendes Wiedersehn!

Kannst es nicht fassen, verstehn.
Wartest mit Freud auf ein Wiedersehn.
Kommst ihm entgegen voll Vertraun.
Fröhlich in seine Augen möchst schaun.

Enttäuscht wirst gleich sein.
Nicht dein Gesicht, dein Aug nimmt ein.
Strafend sein Blick auf mein Kleid,
dort wo sich ein Fleck ausbreit.

Soll das ein Wiedersehn sein?
Nicht bereit, Fehler zu verzeihn.
Nörgelnd – von eigenen Fehlern absehn.
Unsichtbar, lassen Wand entstehn.

Sei eindringlich, nochmals gewarnt.
Nicht immer gleich Herz lassen sagen.
Gefragt sei und ist nur der Verstand.
Dann scheinst geliebt, eventuell anerkannt.

Ob arm oder reich!

Arme Leut', gilt für sie nur das Heut'.
Vergangnes vergessen. Des Morgen Kummer bereit.
Schreien nach Liebe, nach Brot – ewige Not.
Stets vor den Augen, der nahende Tod.

Reiche Leut' sehn nur das Morgen.
Brauchen nicht machen im Leben sich Sorgen.
Nur immer wollen ins Morgen schaun.
Morgen, sein noch am Leben, heißt Gott vertraun'.

Leider, wie heut', wird auch das Morgen sein.
War schon im Gestern, das ewig Entzwein.
Aber in letzter Stund, ob arm oder reich,
wird allen bewusst, sind alle wir gleich.

Eng ist geworden, unsre kleine Welt.
Stunden gelebten Glückes, nicht zählt.
Hängen blieb nur vergangenes Leid.
Bleiben für kleine Freud, keine Zeit.

Weinst nur um dich.
Ist es nicht so,
als steckte hinter deinen Tränen
die Sehnsucht der ganzen Welt.
Das unendliche Sehnen nach Liebe, nach Frieden.
Mit deinem unergründlichen Weinen,
kannst Welt nicht vereinen. Nur in dich gehn.
Hätt jeder die Kraft,
Frieden in seiner Umgebung schafft.
Anfing im Kleinen, Welt zu vereinen.

Es schwingt immer noch
die Sehnsucht nach Liebe und Zärtlichkeit in dir.
Hast du sie nie erfahren?
Oder warst es nicht du,
die sie niemals geben konnte.
Jetzt, wo es dir bewusst wird,
ist es ein wenig zu spät.

Nun schenkst du deine ganze Liebe der Natur,
den Bäumen,
den Blumen.
Aber sie bleiben stumm.
Werden dir nur zur Freude, zur Augenweide.

Auf einmal löst sich auch deine Zunge.
Sie gibt endlich ein wenig preis,
was dich schon immer gestört, verletzt hat.
Aber wirst du damit die Haltung der Anderen ändern?

Auf den Wolken fliehn!

Oh ihr Götter, oh ihr Musen,
scheuet ihr mein Alter nicht?
Wollt noch immer mit mir kosen.
Bald bricht mir der Augen Licht.

Haltet wach mich ihr bei Tag.
Kommet selbst auch bei der Nacht.
Schön Gedanken mir einsagt.
Meinen Geist ihr mir entfacht.

Herze macht mir, ach so weit.
Brust schwillt mir gewaltig an.
Lippen formen Worte, aus sie breit.
Nicht mehr länger halten kann.

Nicht erlahmen lasset mein Gedanken.
Fantasie möge weiter ihre Kreise ziehn.
Kommt die Zeit – aus ist alles Denken.
Letztmals werde mit den Wolken fliehn.

Am Wegrand seh stehn!

Singen wollt ich nur –
so aus purer Lust.
Kehle war mir voll –
an schwoll mir die Brust.

Lieben wollt ich nur –
weil ich so allein.
Doch mich sah sie nicht.
Nicht mein Einsamsein!

Leben wollt ich gern –
nun schon viel zu spät.
Sah sie immer nur – die Fern.
Nicht das, was am Wege steht.

Lachen kann ich noch –
wird mir bald vergehn.
Seh ihn schon – den Schnitter Tod,
dort am nahen Wegrand stehn!

Das richtige Wort!

Was einer alles so nicht reden soll.
Oft weiß er es. Doch oftmals nicht.
Wenn ihm der Kopf auch übervoll.
Sein Mund es viel zu schnell ausspricht.

Es ist gesagt. Zu flink oft ausposaunt.
Erleichtert man. Doch Worte kommen nie zurück.
Wird andrer dadurch gut gelaunt?
Oder ist Botschaft hier missglückt?

Was nützt es nun, ein in sich gehn.
In jedem Mensch steckt andres Denken.
Wenn tat man erst in seine Augen sehn.
Könnt man das richtge Wort verschenken.

Dies hier ist keine Poesie,
auch keine Fantasie.
Allein das Leben tat
beschreiben sie!

Leben erfüllt!

Verdamm es nicht so,
das Alleinsein im
IRGENDWO.

Gott, dir noch Zeit
hat gegeben.
Nachdenken sollst
über vergangenes Leben.

Kam Einsicht zu spät.
Saat nun endlich aufgeht.
Alles hatte sein Wert.

Friede in dir.
Kein Begehr nach
unnötig »Mehr«.

Senk deinen Blick. Nimmer
in Fernen ihn schick.
Bleibe am Boden.
Lehn dich zurück!

Sehnsucht!

Sennsucht, halt sie nicht zurück
in deinem Schoß. Binde sie nicht an.
Ist hemmungslos. Findet nirgendwo ein Glück.
Lass sie wandern, solang sie noch kann.

Sehnsucht zehrte immer schon an dir.
Oft mit Gleichmut nahmest sie in Kauf.
Unterdrücktest sie. Leiden musstest. Niemals aber
hindern konntest ihren unaufhörlich Lauf.

Setzte dich auf ihre Schwingen.
Ob du wolltest oder nicht. Freude war in dir?
Könnt es leichter ihr gelingen. Sehnsucht
folgtest. Alles ließest hinter dir!

Immer schwerer wird es mir, nicht mehr
Sehnsucht unterliegen. Mitzufliegen
sich in Höhen mit ihr schwingen.
Bleiben auf dem Boden liegen.

Wann wird kommen jener Tag. Nicht mehr fragen
ich es wag. Sehnsucht wenn verblasst.
Nimmermehr kann sie ertragen.
Froh sein werd, endlich sie in Ruh mich lässt!

Zufriedenheit!

Unzufrieden heißt es, dass man sei.
Geist man wollen lassen ständig fliegen.
Nicht entziehen dürft man sich dem Einerlei.
Endlich in Zufrieden in Ergebenheit sollt wiegen.

Viele aber nicht dran denken.
Sich das Leben machen schwer. Augen nicht
auf Geist, auf des andren Gutes lenken.
Ist das der Zufriedenheit denn mehr?

Lasst mich unzufrieden sein mit meinem
Geist. Niemand Schaden füge zu.
Unzufrieden sich erweist, wenn
der Neid, der Geiz lasset ihm kein Ruh!